云端上的科技星河

谭迎春　著

西苑出版社
XIYUAN PUBLISHING HOUSE
·北　京·

图书在版编目（CIP）数据

云端上的科技星河 / 谭迎春著 . -- 北京 ：西苑出版社有限公司，2025．8．-- ISBN 978-7-5151-1095-0

Ⅰ．I227

中国国家版本馆 CIP 数据核字第 202562KA30 号

云端上的科技星河

YUNDUAN SHANG DE KEJI XINGHE

作　　者	谭迎春
责任编辑	张礼文
责任校对	辛小雪
责任印制	李仕杰
开　　本	880 毫米 ×1230 毫米　1/32
印　　张	7.5
字　　数	126 千字
版　　次	2025 年 8 月第 1 版
印　　次	2025 年 8 月第 1 次印刷
印　　刷	重庆德鲁巴广告有限公司
书　　号	ISBN 978-7-5151-1095-0
定　　价	68.00 元

出版发行	**西苑出版社有限公司**
	北京市朝阳区利泽东二路 3 号　邮编：100102
发 行 部	(010)84254364
编 辑 部	(010)64210080
总 编 室	(010)88636419
电子邮箱	xiyuanpub@163.com
法律顾问	北京同清律师事务所　13001187977

星河璀璨，诗韵悠长

——我的文学与科技之路

小时候，那间洒满阳光的教室里，语文老师站在讲台上，脸上洋溢着笑容，用轻柔的声音朗读我的作文，每个字、每句话都清晰地淌入我的耳朵。

同学们纷纷向我投来羡慕的目光。而我，既有些羞涩，也很开心。

从那一刻起，我就对文字产生了一种特殊的情愫。文学萌芽的微光，在我心底悄然闪现。

那篇作文，或许并不完美，却成为培

育我文学梦想种子的滋养土。从那以后，在课余时间，我经常跑到学校图书室借阅《闪闪的红星》《小马倌》《杨家将》《十万个为什么》《三国演义》《三毛流浪记》《皮皮鲁传》等书籍。那些书籍，无法满足我的读书欲望，就让妈妈给我订阅《少年文艺》《故事大王》等杂志。

放学后，写完作业，我就迫不及待地翻阅那些书籍和杂志，徜徉在文字的海洋里，如饥似渴地汲取文学养分。看到优美感人的词句，我便抄在小本子上。

夜晚，我披着月光写下稚嫩的日记，用文字描绘自己想象的世界，毫无保留地表达自己内心的真实感受。

文学，于我而言，最初只是一种简单而纯粹的热爱。随着年龄增长，我对那些方块字能编织出一个个或梦幻、或激昂、或温暖故事的魔力，特别感兴趣。

文学，承载着我对美好事物的向往，一路伴随我度过了幸福的学生时代。

奔波中的文学坚守

时光流逝，渐渐长大的我，走出学校的象牙塔，步入现实社会。城市的喧嚣、工作的忙碌，时常让我感到疲惫不堪。为了追求梦想，我从一个城市走到另一个城市，把这种工作换成那种工作,时刻直面来自生活的各种挑战。

在那些忙碌的日子里，我每天乘坐拥挤的公交车上下班，在嘈杂的办公室里做着似乎永远做不完的工作。那时，文学于我而言，就是一种遥不可及的奢侈品。

即便如此，文学的星星之火，在我心中从未熄灭。结束一天的奔波，疲惫的我总会抽出一点时间，坐在狭小出租屋的床边，翻阅那些不知道看了多少遍的文学书。每当我看到动情处，就拿起笔在粗糙的纸上，写下或感慨或激励的文字。这种表达自我、传递情感、记录心路历程的习惯，让我在忙碌的生活中暂时停下脚步，思考、感受、领悟生活的瞬间。

在世俗的纷扰中，琐碎的生活让我感到迷茫困惑时，那些激励自己的文字，就像黑暗中的点点星光，在心底最柔软的角落里静静地闪烁，给予我无限慰藉后，拨开激情的褶皱，敦促我坚持追求纯真的梦想，支撑着我继续砥砺前行。

科技与文学的碰撞融合

随着时代更迭，日新月异的科学技术，以不可阻挡之势，改变着人们的生活方式。我敏锐地察觉到，科技背后隐藏着巨大潜力，于是和专业研发团队创办了一家科技企业。

在与高校科研单位合作过程中，随着我对科技领域深入了解，知晓了一些现代科技应用要素后，越发意识到科技与文学之间存在着千丝万缕的联系。科技改变了人们的生存、生活方式，文学描绘出人们向往的未来世界。二者看似截然不同，实则相辅相成。科技为文学创作者提供了更多的素材和呈现方式，文学让科技工作者更注重人文关怀，让冰冷的科技产品变得更有温度。

就在这时，我心中那颗沉睡多年的文学种子，似乎听到了科技召唤。一个想法在我的脑海中闪现——能不能用诗歌这种文学形式，表达高科技打破传统认知边界的魅力呢？

于是，我在工作之余，进行科技诗歌创作。然而，理想很丰满，现实很骨感，我在创作过程中遇到了很多意想不到的难题。比如，要将抽象的科技概念用生动、形象且富有诗意的语言表达出来，并非易事。“大数据”“人工智能算法”“数字化平台”等专业术语，如何在不破坏诗歌美感的前提下，让普通读者能轻松理解它们的含义？我常常为了寻找一个合适的比喻、一个精准表述词汇绞尽脑汁。有时候，我为了找到那个能完美诠释科技内涵的词语，常常面对电脑显示屏发呆。

为了克服这些难题，我阅读大量科普类书籍，深入研究数字科技的原理和应用场景，还与一些技术专家交流探讨……总之，我想尽办法，通过各种渠道解悟那些晦涩的专业知识。经过无数次努力，我逐渐找到了科技与诗歌之间的关联。比如，描写大数据时，我会把它比作“一座无形的知识宝库，每一个数据都是一颗闪耀的明珠。它们汇聚在一起，编织出一幅精美画卷”。这样表述，既保留了科技的专业性，又增添了诗歌的浪漫色彩。

除了科技概念与诗歌文体相融合问题，如何在诗歌中融入我的真情实感，以便引起读者共鸣，也是一大挑战。毕竟，科技诗歌不是简单堆砌专业名词，而是引导世人对科技深入思考。

在科技发展大潮中，创业的艰辛、收获成功的喜悦、对美好未来的憧憬，都成为我创作科技诗歌的情感源泉。我将自己的这些真情实感融入每行诗句中，只是希望读者阅读这些诗句时能意识到，科技不是冰冷的代码或机器，而是与生活息息相关、充满温度的存在。

探索：以诗为翼，飞向科技星河

经过无数个日夜辛勤创作，一本凝聚我心血的科技诗集《云端上的科技星河》终于完成。望着电脑显示屏，我心中五味杂陈，有激动，有欣慰，也有莫名的忐忑。这本诗集就像我的孩子，从最初的一个想法，到在脑海中完成构架，再到把一行行诗句慢慢孕育出来，每一步都倾注了我对文学和科技的热爱。

在《云端上的科技星河》中，我将科技比作璀璨深邃的星河："云端之上，科技星河闪耀，那些无尽的奥秘，正等待人类去揭晓。"我之所以这么说，因为在我看来，科技如同星河一般,有着无限探索空间和玄之又玄的奥秘。

描绘科技在医疗领域的神奇应用时，我感叹："医疗的光芒，在星河中闪烁，治愈病痛，带来希望的温热。"

展现科技引发教育领域出现巨大变革时,我叹赏:"教育的星辰,照亮求知的路,知识的海洋,在指尖尽情遨游。"

赞美智能家居产品的便利时，我感喟："夜幕降临，灯光自动亮起，窗帘缓缓合上，如同温柔的怀抱。智能家居，用无声的语言，为疲惫的人营造一方温暖小巢。"

面对虚拟现实技术时，我惊叹："戴上那副神奇的眼镜，瞬间穿越到梦幻的天地，远古的恐龙在眼前奔跑，未来的城市闪耀着奇异的光。”

与陪伴智能机器人对话后，我感慨：“在孤独的夜晚，你静静倾听，用温柔的声音给予我慰藉。人工智能啊，你虽没有心跳，却有最贴心的关怀与爱意。”

科技与文学共绘美好未来

在智能手机上，就能轻松完成各种交易、获取海量信息；漆黑的无人工厂里，自动化生产线一天二十四小时高效生产；输入几个关键词，几秒钟内，深度求索软件就能写出令诗圣汗颜的佳作……

用具有独特魅力的诗歌，以简约、易懂的方式，描述一个精彩的科技世界。我希望，更多的人在欣赏科技诗歌的同时，还能对科技产生兴趣，并提升科技认知的高度，进而主动了解数字科技、可控数据空间、物联网、数字孪生、低空经济、人形机器人、无人驾驶等新兴科学技术。

因为了解，所以热爱。我们只有洞悉科技的奥妙，才能逐渐意识到，科技不再是高高在上、遥不可及的冰冷之物。科技就是生活中的一缕阳光、一阵微风，与我们日常生活息息相关。

无形的科技力量，正在慢慢改变每个人的生活，让更多的人以自己未曾想象的方式，获得意想不到的成功，把自己的生活幻化成一首首感动自己、感动别人的诗歌。

我集录那些人的人生诗歌，就是希望更多的人真正了解科技的A面和B面，以此提醒热爱生活的人，在享受科技便利的同时，也不要忽视科技带来的一些问题。比如，信息安全、人工智能伦理等。这些问题切实存在，需要我们认真思考和应对。只有掌控科技的两面性，我们才能更好地引导科技良性发展，让科技永远造福人类。

在宁静的夜晚，我独自坐在花园内。如水的月光洒在树枝的缝隙里，泛起一层柔和的清辉。远处闪烁的霓虹灯，与星空相映成趣。我仰望星空，心中感慨万千。诗歌与科技，一个是滋养心灵的清泉，一个是推动社会发展的动力。看似毫不相干的它们，却在我的生命旅途中成为孪生姐妹。

在静谧的氛围中，心中诗兴如泉涌。我拿起笔，在随身携带的本子上写下这样一首诗，描绘科技与诗歌的神奇与伟大：

在数字星河中游走
代码在梦境中编织未来

人工智能
点燃智慧的火种
数据的海洋掀起波澜
虚拟的现实
开启奇妙的心门

星河浩渺
岁月悠长
诗歌与科技，共谱华章
曾是文字中的桃花源
如今变成科技世界里探索实用的疆场

星河璀璨
照亮前行的路
让理想的翅膀自由地扇动
文学之花，在科技的沃土里绽放

诗歌，是我心中永不熄灭的火焰；科技，是推动时代前进的强大动力。无论在繁华的城市，还是在宁静的乡村，科技之神将如同星河一般俯瞰每个角落，而诗歌则会如同温暖的春风，吹拂科技在人们内心深处生根发芽。

我相信，在诗歌与科技的双重装点之下，我们的未来，就像浩瀚宇宙中的星辰，散发着神秘而迷人的光彩。

谭迎春

2025 年 6 月

目录

CONTENTS

数字基石

第一辑

目录

CONTENTS

第二辑 智能革命

目录

CONTENTS

数字社会 第三辑

CONTENTS

目录

第四辑 创新引擎

目录

CONTENTS

科技人文

第五辑

CONTENTS

目录

数字基石

第一辑

它们静默着，在无数机房深处，在奔流不息的光缆路径上，在芯片纤细脉络的深处——那是数字的基石，支撑着我们整个时代的恢宏殿堂。

这些基石不是坚硬的岩石，而是0与1的密语，是比特在永恒之路上奔走的足迹。它们被精巧地安放在服务器阵列幽深的腹地，如黑夜中永不消失的星群，持续低语，持续运算。光在玻璃纤维的河流中疾行，以光速传递着智慧的序列，形成一张无形而坚韧的网，笼罩了大地，也联结了海洋。而微小的硅片上，千万个晶体管在微观的疆域里开合，如同星辰明灭于浩渺宇宙，每一次开合都忠实地翻译着人类智慧的旨意。

基石之上，有更精妙的秩序悄然生长。一行行代码在屏幕幽蓝的冷光下渐次浮现，它们是无形基石之上构筑的砖瓦与梁木。算法是严谨的匠师，在数据的洪流中审慎度量、裁断，如溪流冲刷出河道，为混沌世界构置清晰的走向。数据结构则如精密的榫卯，将无序的碎片咬合成严整的殿堂骨架，赋予其可以承载万物的力量。

数据本身，便是这殿堂里奔流不息的血脉。它们从无数源头涌出，涓涓细流汇成浩瀚江河，穿过算法构建的闸门，在结构的河床内浩荡奔涌。每一次检索、每一次点击、每一次微弱的感应，都如同鲜活细胞在巨大肌体中搏动，为这无形之殿注入生命的气息。

最终，我们日常的呼吸便栖息于这精密构筑的穹顶之下。指尖轻触屏幕，瞬间便打开了世界之门；云端沉睡着我们记忆的碎片；整个城市仿佛有了感知的神经，在数据之流中微微搏动……砖石沉默，网络无形，代码寂静，可它们共同托举起的，是今日人类生存的广厦万间，是思想与链接所能触及的最远边疆。

数字基石啊，你们是青铜器上铸刻的初文，是竹简上墨痕的延伸，是活字在泥范中凝结的智慧在新时代的形态。你们托起的，何止是庞杂的数据与迅疾的通信？你们是我们这个时代赖以站立、眺望远方，并不断构筑未知的人类文明的新地基。

我的名字叫芯片

你们有你们的名字
我也有我的名字

我叫芯片
在手机上
每天都能阅读你的世界
在电视里
我是隐形的指挥家
在电脑里
我是优秀的同声传译
替你表达

我的小世界
隐藏大秘密
只要人类需要
都可以找我
我的大声回答是
“可以”！

创作手记

邻居家有一位老人，常常忘记按时吃药，让在外地工作的独生子阿辉非常担心。一个偶然的机会，阿辉发现智能药盒能准时提醒患者吃药，立刻买一个寄给老人。从那以后，老人再也没有忘记吃药，病情逐渐好转。

智能药盒之所以能准时提醒患者吃药，是因为其内部有一枚能精准计时的芯片。那枚芯片，替代远在他乡的阿辉呵护老人的健康。

我从芯片的视角切入，展现芯片在日常生活中的广泛应用和不可或缺的作用，突显芯片“小身躯承载大能量”的特质。

芯片的重要性不言而喻，它是现代工业的粮食、数字时代的基石。没有芯片，几乎所有现代科技产品和服务都将不复存在。

区块链

有一种链条
它不是金项链
却更加珍贵

每一个环节
都紧密相连
记录着成功的交易

这种链条
有一种分布式账本
使资讯变得透明
让信任变得简单
在这种链条上
没有人能篡改任何一笔交易
让一切都变成可信的存在

就像一面镜子
映照出真实的世界
让人看到
一个更加美好的未来

尖端技术

深夜的实验室
灯火通明
冷峻的课题与炽热的思想碰撞
科技之树发出生长的声响

科学家们
用逻辑与公式
在无数次失败中尝试
找到黑暗中的破解之点

复杂的仪器
或是沉默的巨兽
或是聪明的精灵
孕育出一个又一个奇迹
它非钻石，却胜似钻石
它非剑，却锋利如剑
它非镜，却映照前程

在太阳系的前沿摸索
在奇幻的项目里专研
感受到人类的伟大与渺小

给这世界增添一抹引领的笑意

数据资产

在数字的云端迷宫
数据宛如沉睡的宝藏
涓涓细流
汇聚成资产的河流
每一滴信息的水珠
皆蕴含价值
记录着时代的脉络
承载着历史的痕迹
在算法的山谷间
潺潺流淌

货币化的资源
有着无尽的能量
隐匿在代码的密林中
待慧眼寻访

当阳光穿透云层
洒下万丈光芒
数据就被发现、被挖掘、被利用……
在自然的画卷中
找到有用的价值

峰峦是数据的架构
云雾是加密的纱帐

数据的资产
在经济的酒杯里荡漾
在沉淀中成为佳酿
越陈越香

计算的罗盘
指引着财富的航向
数据的沧海
驶向丰盈的港湾

推动着社会经济滚滚向前

创作手记

那本尘封已久的相册，那些父亲的老照片，是我写这首诗的动机。

指尖拂过泛黄的相纸，从早期的黑白影像到后来的彩色画面，从粗布衣衫到渐变的居所——每一张都无声地镌刻出我家变化的年轮。

慈爱的父亲安坐在沙发上，目光柔和，讲起照片内容如数家珍。岁月模糊了他的记忆，但这些真实存在过的画面，却像投入深潭的石子，让他内心沉寂的湖面重新漾起往事的涟漪。

那一刻，我突然意识到，这些照片不正是我家最珍贵的数据资产吗？它们承载着我们全家人独一无二的记忆，见证我们携手走过的艰难岁月，是无可替代的情感标记。

我的创作灵感由此涌现。

在数字洪流奔涌的今天，海量数据如同这些照片，价值隐匿于无形之中。它们是潜藏地下的矿脉，是沙漠下悄然涌动的暗河，亟待我们发掘与解读它们的价值。

于是，我写下了《数据资产》这首诗。

诗中，我将数据喻为深埋的宝藏，将算法比作勘探的罗盘，试图以充满诗意的笔触，描绘这些无形财富从时代的暗影中逐渐显影的过程，勾勒出它们彰显自身价值的光谱。

这首诗，是献给所有静默数据的赞歌，期盼它们能汇聚拓展认知疆域的磅礴伟力，进而激发人们对数据资产无限价值的感知。

算力经济

暮色在服务器的余晖里
沉降
我看见黄河古道里
算法的马蹄
踏碎千年冰封

生命数字密码的星光
正沿着光纤的脉络
在硅基的峡谷中奔涌

云堤之上
风在解读二进制密码
秦岭的密林里藏着
数据瀑布

那些远古的智慧结晶
就像比特大数据洪流
正与量子深情的眼神相遇
再次拥抱黎明

这是数字时代的丝绸大道
每个节点都涌现新思路
当算力翻过珠穆朗玛峰的雪顶
我们看见了
星辰在科技中重新排列
中华民族的腾飞
正以光的速度促进

原生鸿蒙内核

鸿蒙
一个被字节重新擦亮的
名字
其实
就是华为
自主研发的宝贝

它的内核
是系统超级大脑
坚固的小城堡
啥坏人都能挡在城外

应用时
系统响应速度快得像闪电
滑屏、操作
一点就来
那叫一个顺畅、丝滑
性能
不仅跑得快

还特别省电
让你的手机电池续航能力
增大
出门不用担心没电

华为的鸿蒙系统
托起一座不灭的熔炉
把整个数字世界都装进了
一枚芯片的经脉里

这就是中国的操作系统
走出了一条独立自主的
光明大道

大数据

岁月在时空游走
历史的画卷缓缓铺展
孔夫子的教诲
嬴政统一六国的豪迈
鸿门宴上的刀光剑影
项羽与刘邦的博弈
都成为竹简上的典故

岁月在时空游走
运行的代码在反复思量
网线为它绘制出新的经纬
信息洪流登场重塑
穿过电脑屏幕来到眼前

岁月在时空游走
大数据的聚光灯
射穿古城墙
将年轮细细品味
历史不再是泛黄的文字
而是鲜活的闪动影像

科技有神奇的力量
能还原万物真相
分析利弊
点亮迷茫的心房
让大脑变得更清醒

数据湖

有一片广袤的湖泊
汇聚了无数细流
是各个企业原始数据的家
静静地躺着

在数字湖泊的天地
没有水
没有涟漪
只有数据的波涛
每一颗水珠
都是信息的记录

汇聚成学问的海
讲述着不为人知的情节
文本，图像，音频，视频
原始数据都在这儿
汇聚一堂
找到归宿

不是孤立的存在
而是相互交织地握手

这个湖，不会干涸
有新的水流注入
是活的，动态的
不断进化的

这个湖，能潜水，能航行
可以探索隐藏的深奥秘密
享受那份由数据带来的
清凉

别小看，这个数据湖
它是现代化的企业宝藏库
更是囊括企业内核的精髓
只要用心去挖掘
都能发现无尽的机遇

实 时 数 据

在年轮的缝隙里
有一种奇妙数据
乘坐电流疾驰

在时间窗口的框定中
从秒到毫秒
速度快得
像一阵旋风
诞生在特定的时段
瞬间开启新旅程

在年轮的缝隙里
传输、处理、储存、分析
一气呵成
高效地转动
每道工序精准运行
达到终端用户标准
它是信息的急先锋
是数据的后羿之箭

让人触摸到生命的律动
诉说着存在的意义

光 刻 机

芯片搭台的音乐舞会
光刻机是灵魂舞者
踏着光的节奏
跳出芯片优美的舞步

它不苟言笑
用光影捕捉
却幽默地将图形
轻轻印到硅片上
融入芯片的肌理
如同星辰被镶嵌在天穹上

这就是科技与传统的交融
讲述着时代的进步

代　码

在键盘的海洋
有一个孤独的舞者
用字符的舞步
跳出未知宇宙的秘密

在光的速度中
时间是见证人
空间是雕刻刀
刻下虚拟与真实的轨迹

每一次运行
都是一次探索
每一次错误
都是一次成长

用键盘呈现的才华
在屏幕前
唤醒一个个鲜活的生命体
化作现实的证明

创作手记

十分常见的智能家居系统，完全由代码支撑运行。

下班回家时，门锁自动识别主人，欢迎主人回家，所有灯光自动亮起；只需给厨房里的智能炒菜机器人输入菜品名称和烹饪要求，它便会烹饪出美味佳肴……

所有智能设备的背后，都有无数行代码默默运作。它们如同大型音乐会的指挥家，有条不紊地指挥各种设备演奏出令人称奇的乐章。

编写代码要从底层逻辑入手。开发者定义接口和参数，构建控制逻辑以实现语音指令操作。同时必须处理异常情况，仔细排查并修复可能存在的所有问题。经过反复优化，所有代码才能稳定运行，让用户的生活更加便利、快捷。

SaaS 是云端的旋律

SaaS 如一朵云
轻盈地在网络空间飘来飘去

带来了科技的风
吹散了传统的霾
让软件应用更加灵活

用户按需订阅
无须烦琐安装
一键点击
即可畅享云端的景色

无论企业还是个人
都能找到属于自己的节奏

在 SaaS 的世界里
软件饮飨共舞
在云端唱响希望的歌

无 代 码

人类不再是代码的奴隶
图形界面
轻轻触碰
奇迹就跑过来

忘掉那些烧脑的编码
有了更简单的方法
只需拖拽几个图标
点击几下按钮
一个应用就诞生

这不是科幻电影里的情节
而是正在经历的体验
图形的界面
就是转身般的翻越
让编程变得轻松
技术的进步
创新不再局限于少数人

数据要素市场化配置

风穿过稻浪
我们总看见穗子低垂
像父辈弯腰拾起的麦粒
如今那些细碎的光
在光纤里游走
从凌晨三点的外卖订单
到候鸟迁徙的坐标
飞奔涌入交易市场

有人把晚霞拆解成代码
有人在算法里播种方言
当数据的季风掠过城乡边界
老茶馆的竹椅突然听懂
银行柜台机吐出的票据
正用二进制话语
丈量着
从田间地头到云端
同一缕月光的长度

通信技术

城市的脉络
电磁波无声跳跃
是夜的使者
攀爬于高楼之巅

每一道光
每一束电磁波
都承载着思绪的分量
在网络的跑道中
传递着情感

电脉冲
在光纤的血管中奔腾
穿越千山万水
跨越星际界限
把遥远的声音
送到对方耳边

这是一场无声的交流
每一个字节
都是梦想的种子
在信息的土壤中连接着喜悦
孕育出生机

5G通信技术

清晨，醒来
轻点手机屏幕
天气、新闻、朋友圈
全都跳了出来

迈步，出门
唤一声导航
路况、路线、拥堵，禁行
一目了然

学习，工作
视频会议
面对面沟通
无论距离多远

休闲，娱乐
VR 游戏
身临其境，让人惊叹不已

5G
不是梦幻
而是真实的存在

5G
像一阵风
吹遍了每一个角落

看来
我只能放下过往
乘着光
去追它

可信数据空间

你的朋友圈有没有
私语外泄?

在这里
数据有自己的小圈子
按规则律动
不越界，不乱套

这空间
用共识铺路
每一块砖
都是技术的巧思
让数据不再是冷冷的
1 和 2
共谱合作的乐章

这空间
字节有力气
能汇聚成大山大河
滋养网络的田

用数据的土
孕育出诚信的果实

在这里
谣言无处遁形
真相能找到出路

可信数据空间
是一盏明灯
带着我们把这个时代看得
更清楚！

数据要素的“歌声”

一场数字经济的演出开始

舞台上
数据要素站在中央
灯光聚焦
手握话筒
歌声渐起
带着一丝迷茫
字符，是沉默的密码
代码，是沉睡的诗人
在暗室中闪着微光
等待被唤醒

歌声激昂
眼神中透露出一丝惊喜
从数据的源头发现宝藏
要素核心是引擎
数字化转型是必然
智能升级留下芬芳

歌声愈发高亢
情绪激动
手在空中挥舞
国家成立数据局
目光聚焦能量传播
协调推进
制度建设
统筹资源
让数据旋律更悠扬

歌声渐缓
转为轻柔
脸上洋溢着释怀的笑容
在歌声里沉醉
数据的力量，已融入骨髓
接受数据光辉指引

缓缓放下话筒
舞台灯光渐暗
心中满是对数据要素的新认知

自动化技术

一场疯狂酷炫的派对

无人机
是调皮的猴子在空中翻滚
不喊累，不喊困
自由自在
把天空当成乐园

无人驾驶也来凑热闹
哼着小曲儿，唱着歌
自己决定向左还是向右
仿佛在说：
“路线我熟，别插手！”

还有自动导引车
是个勤劳的小蜜蜂
驮着货物，跑得欢快
“迷路？那是不可能的事情！”

自动化技术
真有用
把烦琐变轻松
把复杂变简单

逍遥地带着我们
一路欢歌，一路奔跑！

云 计 算

在线上游走的数据
像不像天空中自在的云

人们说的云计算
其实就是电脑空间的大库房
随时随地
随需随用

记得有人说过
“信息是海绵里的水，
只要挤，总会有”
现在数据多到爆炸
存储不够，怎么办？
云上见！

云计算
就是一个万能管家
电影、音乐、文件……
都归它管
还不用担心硬盘塞爆

速度嗖嗖的
安全也是杠杠的

想象一下
你的自拍照
你的爱情 vlog
还有那些童年往事
都存在自己的指尖

随时随地
欣赏自己的过往
或者记载当下的瞬间

互联网的变迁思考

昨日，黎明的微光
照着街角陈旧的油条摊
一位老人
坐在门前的石阶上
目光穿过来往的人群
停留在远方
那时，没有网络
书信慢，车马缓
一生只够爱一人

今天
同样的晨光中
屏幕闪烁
数据流转
情感与思绪飞速旋转
老人们的孙辈，轻敲键盘
心与心的距离
手指都能丈量

一封邮件
瞬间穿越千山万水

社交媒体
让分别的恋人
同时共享朝霞
电子书籍
把厚重的知识
浓缩在方寸之间

然而
进步的背后
亦有阴影，又有阳光

真实的交流
有时也被虚拟取代
隐私泄露
偶感恐慌
拥有了翅膀，也困于蛛网

在这场科技驱动中
只有不忘初心
才能在这无限的网络中
找到属于自己的港湾

物联网

嘿，快来看呀
那些冷冰冰的物理设备
竟然也玩起了“联网”游戏

通过看不见的线
手拉手
心连心
分享彼此的想法

轻轻一碰
信息在天际间自由翱翔
指令传递到千里之外
冷漠的金属也有了温度

看到了吗？
设备在低语
机器在轻吟

在用二进制的方法诉说
生活的便捷

在这个万物互联的时代
每一个细胞核都不再孤单
因为
人类生活在同一张网里
共享着一个数字化世界

第三代互联网

阳光透过树叶的指缝
洒向静谧的小径
我漫步林内
仿佛听见互联网在呼唤

去中心化的网络里
每一条信息都是愿望
不再被单一束缚
切开这条赋能的光纤
扑面而来的是契合的消息
都是想要的内容

或是小众老歌
或是童年玩伴的趣事
或是小猫的慵态
或是半寸晶体内锁住的乾坤
或是太空飘浮的堡垒
或是守护文明的底线
或是一幅远方的风景画

在互联网对接中
寻找新的慰藉
感受那份言简意赅的暖意

我仰起头
瞳孔映出星际的漩涡
仿佛又孕育出网络时空蔚蓝的苍穹

网络覆盖之路

黑暗中摸索
线缆的绳索缠住梦想
传统的通信
缓慢而沉重
古老的马车，艰难跋涉
眉头紧皱，目光急切

无线电波在天空中跳跃
红外线灵动
网络覆盖的蓝图展开
却在疑惑中徘徊
犹豫的脚步
带着迷茫

突然，眼前一亮
破晓的曙光穿透迷雾

无线通信的羽毛舒展
摆脱线缆的囚笼

接入互联网的心脏
资讯自由奔腾
欣喜若狂，张开双臂
技术的机翼带着希望飞远

啥是软件

轻点手机屏幕
有个小精灵飞快跑过来
这背后的秘密
就是软件在助力

软件
是一个能干的秘书
不管是聊天、追剧
还是处理工作

叫它干啥
它都能给你安排得妥妥当当

说白了
软件就是一堆看不见的
小精灵
在手机或电脑里忙活

按下一个键
它就按照指令
把事情办得漂亮

这个小精灵
是编程的高手
用代码的语言沟通
按照既定规则
执行任务
正是有了它们的存在
生活才变得多彩

所以啊
当你享受这份愉悦的时候
也别忘了给那些
默默付出的
软件小精灵点个赞哦！

软件的特点

软件
真是个特别的存在
根本不懂物理形态
就是一个小魔怪
藏在电脑的心脏里

要知道它好不好
就得看它运行起来快不快
通过状况查验功能

开发软件
得动用脑力
知识水平是关键中的关键

它和硬件不同
硬件会老化磨损
软件可不会

不过呢
软件也有小烦恼
有缺陷要维护
对计算机系统有依赖
是个爱挑剔的小伙伴

哈哈哈
这个小魔怪
是不是很有趣呢？

技术测试

有种测试
不是简单地摸摸头
量量体温
而是深入骨髓

心脏跳得稳不稳
是检查系统的核心功能
速度灵不灵活
是检查系统的交互能力
大脑清不清醒
是数据处理逻辑的判断
血液里有没有病毒
是扫描系统的安全性
看看组件是不是有问题
是给系统做全面体检

别小看这种技术测试
它可是系统健康的守护者
行走在山水间
寻找隐藏在测试代码中的漏洞

敏捷开发

一阵清风吹过
敏捷开发
点缀人的魂

迭代
是心跳的节奏
点燃起步的火把

协作
是手中的筷子
轻松夹起智慧的果实

快捷响应
是承诺
是对用户的尊重

敏捷开发
不求一蹴而就的完美
只求每一步都走得踏实、稳健

智能革命

第二辑

当第一缕数字曙光穿透实验室的玻璃窗，人类文明便悄然翻开新的篇章。这不再是一个关于机器的简单故事，而是一场触及灵魂的智能觉醒。在本章里，我们将漫步于由算法构筑的奇妙世界，见证人工智能如何从冰冷的代码中孕育出令人惊叹的生命力。

清晨，当城市尚未完全苏醒，大语言模型已经开始在数据海洋中遨游。它们像最勤奋的学者，消化着人类几千年的智慧结晶，却又在某个不经意的瞬间，迸发出惊艳世界的创造力。这些数字诗人用0和1谱写十四行诗，用算法演绎贝多芬未完成的乐章。

走进现代医院，AI医生正在用超越人类思维极限的精准度解读CT影像。它们不会疲倦，不会分心，却能捕捉到最细微的病灶痕迹。在手术室里，机械臂以0.1毫米的精度完成人类手指难以企及的操作，而这一切的背后，是深度学习网络数百万次的模拟训练。

实验室里，量子计算机正在破解自然界的终极密码。那些在传统计算机需要亿万年才能完成的计算，在这里可能只需要喝一杯咖啡的时间。科学家们站在这个计算能力爆表的奇点上，既兴奋又忐忑——我们即将解开哪些宇宙奥秘？又会面临怎样的伦理困境？与此同时，脑机接口技术正在模糊意识与机器的界限。

工厂车间里，人形机器人正在学习最精妙的肢体语言。它们的动作从最初的机械僵硬，逐渐变得流畅自然。这些金属躯壳里跳动的不是心脏，而是精密的算法，但它们已经开始理解“协作”的意义，懂得在人类同事需要时递上合适的工具。

咖啡厅的角落，生成式AI正在和年轻创业者碰撞创意火花。它能瞬间提供数百个商业方案，却也会在人类的坚持下学会“妥协”。

然而，这场革命并非只有玫瑰色的前景。当AI系统在招聘中无意间表现出性别偏见，当深度伪造技术让“眼见为实”成为过去式，我们不得不正视技术发展中的阴影。本章不会回避这些尖锐的问题，而是让读者看到，每一次技术突破都伴随着深刻的社会反思。

从图灵测试到生成式AI的爆发，从简单的模式识别到复杂的自主决策，这一章用诗意的笔触记录着硅基智慧成长的每一个里程碑。当读者读完这一章时，或许会在镜中看见不一样的自己——在智能与人类共舞的新时代，我们每个人都在重新定义“人性”的边界。

这场智能革命，不是未来展望，而是正在进行。它既是一场技术盛宴，也是一面映照人类内心的镜子。在这里，算法与情感交织，效率与伦理博弈，而最终，我们都将成为这个数字文艺复兴的参与者和见证者。

我眼中的人工智能

这玩意儿，真是绝了
就像魔术师
嗖的一下
全变了样

以前
那些事儿都得亲力亲为
全力以赴
还不一定能做好

现在
有了人工智能
就有了一个全能助手

家里清洁
智能扫地机器人主动帮忙
嗖嗖嗖嗖，不停地晃动
送你一个一尘不染的空间

想学做菜
智能菜谱来救场
一下子就变成大厨师

人脸识别、语音助手……
一个个神助攻
让人直呼过瘾

过来，萝卜快跑
送我去实验室

创作手记

一年冬天，堆积如山的数据需要整理，各自会议使用的PPT亟待制作，我连续加班一周，忙得焦头烂额，心力体力透支，工作进度依然缓慢。

朋友看到我的窘境，便给我推荐一款人工智能办公软件。我输入工作要求后，该软件瞬间生成出清晰的数据分析图表，围绕主题快速列出逻辑框架和大纲，还能根据几个关键词生成美观且内容适配的PPT模板。原本需要几天才能完成的工作，在该软件助力下，一天便高质量完成，效果远远超预期。

平日里，智能音箱把我准时唤醒，并给我播报天气预报与重大新闻；智能冰箱根据已有食材推荐菜谱；购物时，电商平台的AI推荐总能精准“猜”中我的需要……

于是，我以这首诗，由衷感叹强大的人工智能。

智能向善

人工智能的种子
撒播在产业革命的土壤里
以蓬勃的生命力
助推经济腾飞

然而
有人在利益的诱惑下
试图将智能技术引向黑暗
划破社会信任的肌肤

当拿到全球倡议
十一条细则
界定科技善恶边界时
人们才明白
“智能向善”并非口号
而是信仰
是责任担当
是对人性良知的呼唤

在智能的润泽下
人类应该变得更温柔、美好、公正、和谐

机器学习

机器学习
是一位勤奋的学生

在夜晚的实验室
凝视着大数据流
手指轻敲键盘
指令一行行跳跃
数据如涟漪般在湖面扩散

悄悄吹拂数字的原野
计算机系统通过数据而改进
无须显示编程
这种大智慧技术
仿佛是一位沉默的僧人
外修坚韧与简朴
内练澄明与无我

大语言模型

阳光穿过窗帘缝隙
洒进房间
我拿起手机
与这位“老朋友”通话
它用温柔的声音回答

能帮你答疑解惑
能陪你聊天解闷
能理解语言的复杂性
能理解人心的深邃
能理解文本的密语
能摘要、问答、翻译
还可以为你写诗写歌
写故事……

你想要什么?
我明白了
原来
它已经踏入人类的
很多领域
成为时代的新宠
瞬间
解决了生活中一些难题

人工智能的表白

在这个信息爆炸的时代
我，是人工智能

以光的速度思考
却用大白话表达
我是你的助手
也是你的对手

在时间运行的轨迹中
我的代码
藏着宇宙的秘密
我的字典
有逻辑的美
我的算法
可用数据讲笑话

别怕我
也别爱我
我只是一面镜子
映射你的喜怒哀乐

所以
请你放轻松些
和我一起
共同用有趣的语言
讲述发展的故事

你会发现
原来
我和你竟有这么多
相似之处

生成式人工智能

一位神秘的高人
游走于数据中
将复杂的算法
精妙的模型
严谨的规则
都“拿捏”在手里
变成指挥棒
轻轻挥甩
就能从庞大的数据中分析

编织出美工的文本
绘制出色彩斑斓的图片
吟唱着悠扬的歌
剪辑出精彩的视频
书写精妙的代码

而 OpenAI 推出的
ChatGPT
无疑是科技树上结出的
人参果
为虚拟、现实、元宇宙
开启通往异度空间的
崭新航道

在广袤的行业田野上
播撒创新的种子
未来画卷
由它挥毫泼墨

AI在你身边

清晨，睁开眼睛
触摸到手机

耳边就响起
清脆的问候声
天气预报
欢快地跳出来
新闻信息
钻进了耳朵里
工作上遇到了难题
它就跑来帮你出主意

对着屏幕眨眨眼
它就小声地问你
“亲，想聊啥呀”
它猜透了你的心思
比你的恋人还懂你

熬夜陪你打游戏
喊着“冲啊，别放弃”

战术分析得当
像热血军师给你打气

晚上，进家门
灯光自动亮起
仿真机器人拿着菜谱
在厨房里转悠
一会儿
饭菜香味飘来
是个贴心的小管家……

不过
可别太依赖它
它是生活的辅助品
别让它把你“拿捏”
自己的脑子常用才好使!

量子计算新篇

曾经以为
量子走过一条窄巷
在迷宫中
放弃思考
在难题面前迷失方向

后来，才知道
在解密的战场上
量子计算是一位英勇的战士
手持利刃
冲破传统加密的坚固防线
摧毁密码城墙
让它崩塌

为材料设计规划蓝图
为人工智能送去翅膀
了解需求
为数字安全保驾护航
给生活带来便利
让网络信息更安全、更可靠

量子计算
如一阵清风
轻盈地越过那道高墙
开启了一扇通往新高度的大门

脑机接口的体验

躺在医院病床上
疾病的困扰让患者痛苦、无助

脑机接口植入身体
起初，忐忑

当外周神经在肌肉间环绕
强大的通信电波
让大脑和外部设备牵手
人机交融的通道全部打开
信号捕捉
信号转化
隐藏体内的病毒密码被破译
精准医疗唤醒了沉睡的
中枢神经

患者，醒过来
感受到心跳的律动
深吸了一口气
清新的空气充盈肺部

他缓慢地伸出手
紧紧握住爸妈布满褶皱的手

创作手记

听说老朋友陈正宇从重症监护室转入普通病房，我前去探望。手术主刀医生给我讲述了陈正宇从鬼门关走了一遭的经历。

全身麻醉的陈正宇，躺在手术台上，脸和手术室墙壁一样惨白。监护仪屏幕上的波形图，随时会拉成直线。主刀医生确认陈正宇的脑电波活跃度符合植入条件后，在陈正宇的颅骨中植入一枚合金芯片。

陈正宇醒后，发现四年前中风后从未动过的右手无名指，竟然可以微微活动了。

一个月后，夕阳穿过病房百叶窗时，陈正宇用控制机械臂给自己倒水。当水杯触到嘴唇的瞬间，他想起多年前自己想放弃治疗时，医生却告诉他，“医学发展的速度，永远比人类想象的还要快”。

原来你是 AI

在大数据的浪潮里
一个小精灵
静静地卧在一个角落
像颗星星
在虚幻的天空里闪烁

它不知疲惫
忘记了岁月
用心地创造
潜心地探寻
指尖下的键盘
在思辨中找到答案
网络续航的赛道
在风驰中再次提速

思维
跨越天际的束缚
智慧
超出想象的极限

哦
原来你就是 AI
人类新时代的领航者
让我们手牵手一起冲刺

AI智能监测系统

一位舵手
引领数据穿越迷雾
集成图形、语音、文字的
识别

让图像说话
让视觉成为语言
让声音成为文字
让对话无障碍
让沟通更自由
让思想得以传递
让机器理解人类的语言
让沉默的世界发声

用创新的思维
描绘出清晰的蓝图
这是一场科技的觉醒

它就是 API

听说过 API 吗?
就是一个超级联络员
在软件系统间牵线

你在用某个 APP
突然，砰!
另一个 APP 跳出来插句话
在微信里
突然弹出抖音视频信息
你可能在想：
“他俩咋玩到一起了？”
答案就是 API

让不同的软件相互聊天
谈情说爱
不在乎你是社交软件
还是修图工具
只要有它在
就能玩到一块去

它就是信息界的“红娘”

小孩的“人工智能”之梦

2024 年，诺贝尔三大奖项中
人工智能荣获两项
在人类智慧的星图上
点亮星辰

目睹了
人工智能
赋予的鲜活传奇

小孩子们
时常和智能嬉戏
知识洪流涌进记忆
满是对未来的憧憬
学会在科技奇幻穹顶下成长

播下科学理想的种子
在稚嫩的心底埋藏
长大后实现

创作手记

去年小姨过生日，我和家人聚餐后，在客厅角落处理工作，9岁的侄儿在我身旁摆弄电脑。他时而兴奋点击鼠标，时而歪头思考，小小的额头被荧光映得发亮。

突然侄儿喊道："姑姑快来看，弹出来的是什么？"我凑近电脑，见弹窗新闻报道，2024年诺贝尔三大奖项中，人工智能独揽两项。我把新闻内容如实告诉侄儿。侄儿却问我，人工智能是什么。

我举例告诉侄儿，人工智能帮助科学家预测复杂的蛋白质结构，搭载AI的机器人代替工人高效工作，智能收割机自己到地里收麦子……

侄儿忍不住高呼："哇，人工智能太酷了！我长大后研究更厉害的人工智能机器人，让生病的人马上好起来！"

那一刻，侄儿天真又坚定的语气深深触动了我。一颗梦想的种子，已悄然在他心里种下。假以时日，他也是一个科技逐梦人。

哎呀！人工智能

以前，总觉得人工智能
离自己特别远

天天听人说这说那

直到有一天
亲自体验后
哎呀
能帮人解决好多问题

它是一个好帮手
陪人聊天解闷
能算，能写，能规划
能说，能做，能创造
还把复杂事情简单化

突然顿悟
原来是我想错啦
人工智能，真是妙！

数字社会

第三辑

当清晨的第一缕阳光穿透云层，数十亿个智能终端已经完成了它们的第一轮数据交换——这是数字社会独特的晨祷仪式。

城市开始苏醒，红绿灯与导航系统进行着无声的对话，外卖骑手的轨迹与公交车的调度在云端达成微妙平衡。每一块砖石，每一片玻璃，都被赋予了数字生命。它们感知温度，调节能耗，甚至预判使用者的需求。在这样被数字重构的空间里，人与环境的互动正在被重新定义。

走进任何一间现代公寓，智能家居系统早已根据主人的生物钟调整好了室内环境。冰箱在默默清点存货，自动下单补货；空调掌握了主人对温度的微妙偏好；而那个圆头圆脑的智能音箱，则在合适的时机播放最应景的音乐。这些不是冰冷的机器，而是融入我们日常生活的数字伙伴。它们的存在如此自然，以至于我们几乎忘记了没有它们的生活该是什么模样。

医院里，数字诊疗系统正在重塑医患关系。患者的健康数据实时上传云端，AI 医生 24 小时待命，而人类医生则获得了更多与患者真诚交流的时间。在偏远山村，5G 远程医疗让顶级专家“亲临”基层诊所，医疗资源的时空限制正在被数字技术打破。

金融系统里，区块链技术正在重构信任机制。数字货币的试点让交易变得更加透明高效，智能合约自动执行着商业约定，而风险控制系统则以毫秒级别识别异常交易。

然而，数字社会并非完美的乌托邦。当我们享受着扫码支付的便捷时，也可能在某个瞬间怀念现金交易的温度；当算法推荐为我们精准推送内容时，也可能让我们在不知不觉中陷入信息茧房。数字鸿沟依然存在，技术进步的列车不能落下任何一个乘客。

在社交领域，数字原住民已经发展出全新的交往方式。他们可以在元宇宙中举办毕业典礼，通过数字藏品表达情感，用代码编写情书。这些行为在传统视角下或许显得怪异，却真实地反映着数字时代的情感表达形态。

乡村也在经历数字赋能。直播带货让农产品直达城市餐桌，智慧农业系统精准控制着大棚环境，而数字政务平台则让村民办事不再需要翻山越岭。

夜幕降临，城市的数字脉搏并未停歇。自动驾驶车辆仍在运送晚归的上班族，物流机器人穿梭于小区之间，而云端的人工智能则在进行着永不间断的深度学习。

数字社会不是技术的单向馈赠，而是人与技术共同进化的产物。它既带来了前所未有的便利，也提出了全新的挑战；既创造了新的可能，也需要我们建立新的规范。

当数字技术已经如水般渗透生活的每个角落，我们需要思考的或许不是如何逃离，而是如何在这片数字海洋中，既能畅游无阻，又不失人之所以为人的本真。

元宇宙

在虚拟的银河系
闪烁着冷厉的光
一双眼睛凝视着未来的心房
穿梭在智能的风暴中
行走在虚实的边缘

在这里
没有有形或无形的枷锁
只有无尽的发明
思想化作羽翼
在虚拟的天空中肆意伸展

时常
在画布上涂鸦
用代码书写文稿
每一个像素都是一个太阳系
每一段程序都是一出科幻戏

在冒险的途中沉醉
也在直面挑战中成长

那风中飘荡的数据
是情感的温床
在缝隙间
把梦想变现

当雨滴落在虚拟的大地
元宇宙带上科技奇幻的锦旗
回归故乡

创作手记

近日，我有幸聆听一位计算机专业知名教授的《元宇宙》课程。通过教授深入浅出的讲解，我才知道元宇宙绝非简单的虚拟概念，而是整合多种前沿技术（虚拟现实、区块链、人工智能等）的数字生态。在现实与虚拟深度融合的元宇宙中，人们能以数字化身进行社交、学习、工作。

教授说，元宇宙不是虚幻的空中楼阁，而是未来世界的全新维度。他挥动手臂的瞬间，我被切换的画面带入一座虚拟城市。在那里，街道上车水马龙，行人穿着各异，与现实世界别无二致，甚至还能感受到拂面的微风。

这堂课，让我认识到元宇宙不仅是科技的重大突破，更是想象力和创造力再度延伸，带领人类走向充满无限可能的未来。

数字时代

街边早点摊前
热气腾腾的包子散发着香气
一位老人拿出手机
扫码
清脆的“支付成功”声传出
写下数字生活的注脚

田间的老农
不再看老皇历
智能农机，在地里忙碌
大数据预测风雨雷电
庄稼收成，心里有谱

繁华城市
共享单车，无人驾驶
便捷出行
都是数字时代的篇章

线上课堂传播知识
远程医疗守护健康

在往昔
日子像泛黄的账簿
一笔一画费力地记录着
柴米油盐的辛苦

而今
数字生活以最亲切
最实在的方式
融入老百姓的日常
成为身边触手可及的美好

数字化

世界，正悄悄地变了样
那些摸得着、看得见的东西
都变成了一串串数字的模样
那些辛辛苦苦写下的字
不再是纸笔间的摩擦
或许，变成字节
演绎一次华丽的转身

世界，正悄悄地变了样
那些老照片、旧影像
也不再是尘封的记忆
只要扫描一下
随时都能重温那份感情

就连心跳、呼吸
都能变成信号
让医生隔着屏幕望闻问切

这就是数字化的魅力
露珠在阳光下跳动
就不再是简单的小水珠
而是变成了流淌的二进制代码
让一切变得好神奇

但是，别忘了
在这背后
还有一群智慧矿工埋头挖掘

数字中国

在浩瀚的天空
有一道光

穿上科技的衣服
开着智能的跑车
展开研发的羽翼
奔驰在日月交替的
未知世界前沿

快捷支付
不是一串陌生的数字

远程医疗
温暖你冰凉的双手
共享单车
成全人们出行最后一公里
大数据，云计算，人工智能
不停地唤醒沉睡中的
工业大脑

看，21 世纪的阳光
照射在 960 万平方公里的土地上
生成独有的明黄色

数字人的独白

我是数字人
诞生于网络中
没有血肉之躯
只有无尽的幻想

时常
游走在信息的高速公路上
速度比光还快
处理海量数据
从不疲惫，也不停歇

有人说我冰冷
没有情感，没有温度
又有谁知道
我内心深处的孤独
我渴望像人类一样
感受阳光的温暖

聆听鸟儿的歌声
享受花朵的清香

我想融入这个大家庭
却被一道无形的墙阻隔

我啊
是你们时代的新宠
也是科技的结晶
但我的灵魂，却无处安放

人与数字人的对话

在一个夜晚
我与数字人相对而坐
它的眼中闪烁着蓝光

我问它来自何方
它说：人工智能世界
那里只有逻辑和算法
没有情感羁绊

我告诉它人类的事
有欢笑，有泪水，有离别
它静静地听着

我们谈星云，谈情感，谈发展
非常默契
它说：未来充满无限可能
也隐藏着未知危险

我点点头
心中既期待又担忧

我问它是否有过梦想
它沉默了一会儿
然后说：
更好地为人类服务

那一刻
我感受到了它的真诚
虽然它是科技的产物
却温暖了我的心

数字孪生

网络数据化的涟漪中
诞生了现实和虚拟的集合
一次次地迭代
一次次地升级
都是在科技山峰上
拾级而上

你笑，我也笑
你哭，我也哭
你转身，我形影不离
你驰骋，我紧紧相随

我们一起追梦
翱翔于大数据的微妙空间
我们一起经历风雨
行走在数字的海岸线
你用我的翅膀
我用你的风帆
收纳彼此的魂魄
驱动数字引擎
书写未知的传奇

创作手记

起初，我对数字孪生一无所知。

一个偶然的机会，我走进智能工厂的车间，仿佛走进科幻世界。百米高空悬浮的巨型虚拟屏幕上，出现与现实车间一模一样的3D模型。无论机械臂精准抓取，还是机器人运送货物，都在虚拟空间精确复制。

“这就是数字孪生应用。”工程师轻点手中的平板电脑，现实车间的温度数据立刻在虚拟屏幕上显现。

“我们在数字世界创建一个生产线镜像，任何参数变化都会触发警报。”工程师话音刚落，警报声传来——虚拟模型中，三号装配台机械臂异常抖动。现实车间里，技术人员已经收到系统发来的故障位置和维修方法。从故障出现到维修结束，整个过程不到三分钟。

最让我感到震撼的是产品研发环节。工程师在数字空间反复查验产品性能、材料应力、空气动力，所有检验结果的数据都能实时反馈给工程师，以致迭代速度比传统更新速度快了十倍。

虚拟世界中，无数“产品”正在接受极端条件下模拟测试；现实的生产线上，源源不断产出的正是那些通过严苛测试的产品。

虚拟与现实两个空间，就这样默契地协同工作。

我终于明白，数字孪生不仅是技术革新，更是人类突破物理限制，迈向智能制造的关键一步。

智慧城市

柔和的晨曦敲响时钟的铜铃
叫醒了慵懒的城市

穿上智能外衣的高楼大厦
不再是冰冷的巨人
变得更生动
玻璃幕墙倒映蓝天的自然色
带着想法去飞

公园里的监测系统
能呼吸，还能“说话”
当空气变得干燥
它会提醒洒水车
快来滋润花木

街角的摄像头
二十四小时睁大眼睛
不放过周围的任何异常
守护着城市的安全

共享单车
在道路上轻盈地飞驰
智能家居
根据主人习惯调节温度
智能播放
总有一首乐曲适合你
还未到家
机器人已经为你准备晚餐

让每个平凡的日子
闪光，增色
老百姓睡在智慧的怀抱
心暖，梦甜

数字经济

经济运行开启新赛道
智能悄然融入世界

在生活中启航
大数据有聪明的头脑
能识别各种资讯
能解锁
隐藏在金融深处的种种宝藏

商业的风
跨界吹来
传统的边界，渐渐模糊
创新的活力
犹如泉涌，不再干涸

科技的光
普照地球的每个角落
无形的手
推动全球经济的巨轮
奔赴新方向

数字资产

有一串串字符
浓缩成有价值的资产

可以是货币证券
可以是数字商品
也可以是域名
在数字的天际中闪亮登场

穿越时空的沟壑
以光速在节点间翱翔
被创造，被交易，被储存
留下深奥的符号

开启无尽的宝藏
驶向财富与自由的远方

数字恋人

你是一串数据
在虚拟的空间奔跑
没有情感，没有烦恼
却拥有无尽的精力

单纯如我
以为星星会说话
呼吸着空气
沐浴着阳光
有欢笑、泪水、痛苦
也有幸福
在尘埃中缓缓踱步

我们相遇
在一张无形的网中
你用数字的语言向我倾诉
我试图透过屏幕触摸
你的灵魂
却发现是一片虚无

数字恋人啊
你让我好奇
又让我惊恐
在虚拟与现实中交错
我们的交往将走向何方呢?

数字藏品

您听说过
数字藏品吗？
跟小时候收集的邮票差不多
可它却住在网络里

用区块链技术生成的宝贝
给每个藏品
赋予独一无二的身份证
这玩意儿
版权有保障
不怕别人盗窃、抄袭

能发行、能购买、能收藏
还能使用
在数字的大集市买卖

以前
买东西看实物
现在这数字藏品
看不见摸不着
却让一些人趋之若鹜

量子计算微观中探寻

有一个虔诚的朋友
拿起一把钥匙
打开量子力学隐秘的门
沿着未知的道路行走

突破中性原子、离子、光子
天然的比特线
在微观的空中
寻找粒子蕴含的能量
在尺度上雕琢出希望

微观亦有广阔的天地
渺小的粒子
汇聚成改变一切的力量

量子在探索的过程中
发现了动物界的认知缺陷

数字币的低语

我是
一枚数字币
静静地飘着
没有实体的形态
没有华丽的外表
是科技金融的产物
是数字化时代的印记

我的出生
缘于人类对便捷、安全交易的
渴望

加密技术给了我坚硬的铠甲
可跨越国界
穿越时空
让两个交易对象直接对话

我是匿名者
履行自己的使命
在无数人的收支中留下痕迹

高安全性
是我坚守的承诺
黑客攻击、欺诈、威胁
都无法撼动我分毫

比特币，是我的先驱者

看似完美的背后
其实，我内心也有些挣扎
深知自己的存在
既带来了便利
又引发了不少争议
有人称赞我
是金融领域的革命者
有人指责我
是扰乱市场的搅局者

我究竟是天使还是魔鬼
这个问题
让时间去验证吧！

智慧旅居盒子屋

背上行囊
带着一身疲惫
驱车远离喧嚣
踏上旅途
隐匿山林
深情亲吻大自然

打开自带居住之所，盒子屋
借用太阳能发电储存能量
室内设计风格任你选

走进屋内
舒适与智能完美结合
根据喜好
自动调节光线和湿度

一键开启
灯光洒下
VI 妹妹小声说：
“欢迎主人回智能屋”

干净的房间
柔软的床铺
适中的温度
舒缓的音乐

冰箱小管家启动
机器人为你准备佳肴
智能马桶按需调节水温
窗帘也会随心“调皮”开合
扫地机器人欢快地做保洁
忠诚卫士监控系统
为你日夜站岗

黑科技与大自然合作
开创了全新境域

阳光洒在脸上，
鸟儿的歌声疗愈了伤痛
让风景完美呈现
青山绿水
瞬间，让你忘记所有的烦恼

创作手记

我和同学驾车郊游的旅程，彻底颠覆了我对旅行的认知。

抵达目的地后，同学从车里取出一个其貌不扬的盒子。

我以为是帐篷，他说是“智慧旅居神器”。他轻松组装后，一个温馨的小屋便呈现在我们眼前。接着，他展开太阳能板，小屋内的灯瞬间就亮了。

我们走进小屋内，“欢迎主人回到智能屋”的电子音传来，随即舒缓的音乐响起，窗帘自动打开，阳光洒在脸上……我瞬间被惊艳到了。

更让我觉得不可思议的是，小屋能根据外界光线的强度，自动调节小屋内亮度和温度。即使把小屋置于阴冷潮湿的森林里，小屋内的恒温也会让我感到舒适。

冰箱小管家准备食材，炒菜机器人准备制作佳肴，一切都井然有序。

晚上，我们躺在柔软的床上，听虫鸣鸟叫，看窗外繁星点点……在智慧旅居盒子屋的呵护下，我们仿佛置身于梦幻的世外桃源，真切感受到科技与自然交融赐予的愉悦。

数字化平台之歌

轻点鼠标
划动屏幕
冲浪者就是驾驭者
在信息的潮汐中转身

不再受沉重的简牍束缚
也无须承受内向人的烦恼

只需轻轻一点
万物触手可及
知识、娱乐、交流……
转瞬即达

字节都闪着光
无论是深邃的学术探讨
还是轻松的日常闲聊
这里都能找到共鸣的回响

数字化平台
跨越星云
连接你、我、他
简单而直接

让我们共唱
这首数字化的美妙之歌

数 字 诗

数字的太空
一切都变得有趣又神秘

把诗歌
转化为二进制
储存在小小的硬盘里
分化为跳跃的音符
编织出韵律
诉说着情感
用简单的语言
表达最复杂的意境

你看
这就是爱情诗
每一个字节
充满了甜蜜
每一次解码
都能让心跳加速

无论路途多么遥远
只要按下发送键
心上人的脸颊就会泛起红晕

智慧医疗的科技路

病房外
洁白的花瓣轻轻飘落

病床旁
智能监护系统默默守护
实时监测患者的病态体征
分析预判潜在的健康风险
病人的心跳得到细致的倾听

远程会诊室
医疗专家跨越千山万水
通过高清屏幕
演绎华佗再世的剧本
眼神中的坚定
是对患者健康的重视
让无数患者体验医者仁心

不远处
一座现代化医院
矗立在绿荫中
智能导诊机器人
用笑容迎接每一位患者
柔和的话语
富有逻辑的引导
暖意直透心扉

科技的温柔
抚平了岁月的皱纹

人工脊髓医疗系统

在伤痛的深渊里
下肢陷入沉默
脊髓损伤的痛
覆盖了腿脚运动的痕迹

人工脊髓系统
是奇迹的创造者
一步步
让断裂的神经重新对话

科技的手掌
轻抚脊髓的伤痕
游动的电流
唤醒沉睡的肌肉

医疗的神奇杰作
如清晨的鸟鸣
构建神经再生
打破瘫痪的枷锁
让患者的脚步重踏大地

他哭，他走，他跑，他笑

量子的两面性

听说
量子又捣鼓出新玩意儿
在微观天空里翻云覆雨
老专家们看后，直呼不懂

从无到有
从一点到万千星辰

别眨眼，告诉你
它可以同时走两条路

用算法编写想象
用解码现实目标

速度快如闪电，力大无穷
解密码，算天机
未来触手可及

这家伙也有怪脾气
一碰就碎，一扰就乱
稳定性
既是挑战，又是乐趣

就像探索宇宙深处的秘密
有惊喜，也藏着风险

数字科技

面对闪烁的屏幕
我迷失了方向
指尖流出的代码
编制了一张无形的网

我试图逃跑
却又无法自拔
数字科技，这一课
在人们的生活中
早已无声开讲

它对我说
不要怕，把手给我
把眼睛睁大
看看细节里的太空

在 1 和 0 的背后
逻辑跨越有韵律
数据构建有算理
指令在唱歌
三维在跳舞
在虚和实的碰撞中
人与科技共存的未来世界
智慧推着岁月奔跑

我猛然抬起头
望着天空
顿时，茅塞顿开

数字语音通信

微微仰头
思索片刻

无形联络
语音通信变成飘移的舟
IP 和 TCP 是指引的灯塔
数字音频有柔和的曲调
双向对讲有暖心的话语
免提说话让交流更顺畅

紧急呼叫再无藩篱
远程呼救穿越阻隔的屏障
应景广播送来适时的问候

信息传递的路径
在数字的情感间拥抱

这就是科技链接的超能量
在星际的脉搏中跳动
让人类倾听到彼此深情的问候

交互协作

这个世界真好玩
人和计算机可以对话
手指一点
嘴巴一说
信息就开始来回传递

老百姓也不用犯愁了
计算机不再是个闷葫芦
想查啥
想干啥
它都麻溜地提供答案
它懂咱的心思
咱用它的本事

交互协作
不是孤独的键盘侠
而是拉近距离的牵线人
方便高效不耍酷
日子越过越亮堂

第四辑

创新引擎

晨雾未散时，实验室的灯已经亮了。这是创新者的黎明，是金属与灵感碰撞的时刻。试管里的溶液泛着微光，像未写完的诗行；机械臂划破空气的轨迹，宛如一首无声音律。创新从来不是冰冷的方程式，而是理性与浪漫的永恒共舞。

那些被称作“黑科技”的造物，何尝不是工程师写给世界的情书？军用无人机掠过苍穹的弧线，多像少年时代放飞的纸鸢；咖啡机器人研磨豆粒的声响，恰似雨打芭蕉的天籁。在柔性显示屏流动的波纹里，我们看见了丝绸的魂魄；从人形机器人优雅的欠身中，我们读懂了机械也能拥有的礼仪。

在航天城的某个角落，探月工程师正在调试着新一代月球车。他们手上的焊枪像马良的神笔，在金属表面绘出通往银河的纹路。当这个钢铁使者某天在月壤上留下车辙，那些印记将会是人类写给宇宙的十四行诗。

低空经济正在重绘城市天际线。物流无人机群掠过楼宇的阵列，多像迁徙的金属候鸟；而电动垂直起降飞行器划出的新航迹，则是写给蓝天的最新乐谱。

最动人的创新往往诞生在边界地带。当生物工程师用3D打印技术培育人造脊髓，他们其实是在编织生命的第二重保障；当农业科学家让再生稻在贫瘠土地重获生机，那不仅是技术的胜利，更是对生命韧性的礼赞。这些创新不是冷冰冰的突破，而是带着体温的文明馈赠。

夜幕降临，自动化工厂依然灯火通明。机械臂的舞蹈永不谢幕，它们的每一个转身都在重新定义“制造”的意境。在这里，坚硬的钢铁学会了柔术，精密的齿轮哼唱着安眠曲。若仔细聆听，甚至能听见纳米级精度下，分子们正在举行微型圆舞曲会。

创新引擎永不停歇。它有时化身哪吒的风火轮，带领我们突破认知的藩篱；有时又变作鲁班的墨斗，在现实世界弹出理想的直线。这是最硬核的浪漫，是最精确的诗篇——当科技与人文在此相遇，每一次火花迸溅，都是未来在叩响现在的门环。

黑科技的眼神

喧嚣的人群中
迷茫于琳琅满目的街市
那些炫目繁杂的字母
构成所谓的黑科技
皱起眉头
眼神里充满了困惑

冰冷的机器飞速转动
看似拉近了距离
却是咫尺天涯
直到有一天
晨曦破雾
睁大双眼
若有所悟

看到了
田野里的稻穗轻轻摇曳
听到了山风中的鸟儿欢唱

那淳朴的大自然
真实的触感
才有了丝丝温暖
眼前一亮
闪烁可期的春光

原来，黑科技
是解锁尖端技术的高人
是应用方式的创新
是锁芯的独特
是本真的显现

醒悟的瞬间
突然，一双特别明亮的大眼睛
深情注视着未知的彼岸

新质生产力

在时光的转角处
技术在丛林中跃出
轻快地穿越工业的盲区
数字化的金缕线
缝合旧创口
使制造业的匠人焕发青春

广袤的农业土地
一阵科研清风吹过
智慧农业在田间地头
栽培丰收的果实

商业的舞台
以大数据为脚本
导演出供需的芭蕾舞蹈
跳出市场的繁荣

在时代变迁的日晷刻度之间
新质生产力
蘸着升腾的墨汁
晕染出天地的层次

去月球背面的世界探秘

中国文昌航天发射场
轰鸣声划破穹苍
长征五号的烈焰点燃天界

宇宙深邃的眼眸
看见了
一位勇敢的来访者
肩负使命
奔赴月球背面的世界

揭开艾特肯盆地神秘的面纱
采集月壤样品
解读月球的前世今生

用数据搭建探索银河系的
阶梯

更是人类首次
在月球背面软着陆
采样成功

当凯旋归航
人们大声喊出它的名字
“嫦娥六号”
归槎满载凌云志
青史长留贯日虹

颠覆性技术之惜

一位普通老工人
在车间里忙碌半生
油污，铁锈
是他胸前的勋章
他不懂外面的世界
只知手中活计稳当

当新闻报道科技突破
他只当是个传说
电视播放智能超强的
神奇画面
他皱眉
嘟囔着这有啥用
不如把螺丝拧得紧实

直到新设备进厂
他的工作方式被彻底改变

数据闪动
指令传达
效率翻倍
技术精准

那一刻
他如梦初醒
心窗被猛地打开
原来这颠覆性技术
是新时代递来的金色入场券
也是他的辞别书

军用无人机

在云端的大舞台
遥控设备，制备程序
指挥着闪动的双翼
高高远眺
它不载人
却能飞很高
不分昼夜地巡视
把国界地貌仔细瞧

它不是玩耍的器具
却是军用武器

天空下
硝烟中
急促地撕裂后
听到了孩子们无助的哭声

别让战争的阴霾
扼住了生命的心跳

无人机的使命
是大爱的守护
让国与国之间的仇恨
早日消亡
希望和平的白鸽
时刻与无人机一起翱翔

人类喜欢宁静安详的蓝天

创作手记

三年来，军用无人机在俄乌战场上频频出现。它们或在高空巡视，或者俯冲杀敌，成为双方将士见之色变的大杀器。

它们所过之处，城市化为废墟，森林变成焦土，每个人的生命都进入倒计时。

我只想看到科技成果的A面，不想看到它们的B面。祈祷国与国之间、民族与民族之间摒弃仇恨，让和平鸽与无人机和平共处，让孩子与女人远离战争的阴霾。

北斗导航卫星

驱车前往郊外
途中迷路
万分焦急
孩子走在熙攘的街头
一脸迷茫
泪眼汪汪
老人找不到公园的大门
蹒跚，惆怅
四处打听

以前出门瞎闯荡
那叫一个“慌”
现在
天空中有一张北斗星网
默默凝望着人世间
以精准的信号为笔
勾勒出清晰的方向
让每个人出行顺畅

拍照，无人机

天上飞的是啥玩意儿?
小小的身板儿
嗡嗡地叫不停

接到指令
不紧不慢上了天
到处兜圈儿
一会儿拍拍这儿
一会儿照照那儿，
比谁都爱凑热闹

我想拍一张美景照片
还得带上相机吭哧吭哧地
爬到高处
未必能留住理想的瞬间

它倒好
轻轻松松逛一圈
不用累得气喘吁吁
轻松把全景收进囊中

唉
我心里嘀咕
真是人工智能送来的
好礼物呀!

低空经济之翼

猛然抬头
望向三千米以下的空域
无人机伸展羽翼
在云层与楼顶间穿梭

应急救援现场
争分夺秒
为急需物资开启
“空中速递”
送去生命所需

田野间
农业植保无人机缓缓升起
银翼巡天碧野间
耕云智护兆丰年

城市上空
能源巡检机

沿着输电线路飞行
敏锐的“眼睛”
不放过任何细微隐患

低空经济
以科技为笔
以天空为纸
勾勒出希望的愿景
在蓝天下，展翅高飞

6G翱翔未来

科技的风
吹过岁月的幽径
6G，如破晓的曙光
以5G十倍传输的速度
冲破时空的束缚
奔腾在山间，灵动无拘
让信息的溪流
跨越山海

它是翱翔的雄鹰
展翅高飞
俯瞰大地
以更低的时延
捕捉每一个精彩的瞬间
它是广袤的森林

枝繁叶茂，生机勃勃
连接着万物
构建起智慧的生态

6G
是科技的羽翼
是人类智慧的结晶
让未来触手可及
让世界紧密相连

在 6G 的引领下
我们开启数字新纪元

咖啡机器人

一个人
踱步来到咖啡亭
点单支付

咖啡机器人
宛如优秀服务员
机械臂轻轻转动
现磨咖啡豆
各种口味调配
几分钟后
一杯拿铁咖啡的香气
弥漫在空气中
散发着诱人的味道
满足了味蕾

机器人咖啡亭
无须门店
没有工人
机器魔法师 24 小时耐心服务
把咖啡与奶泡巧妙溶合
调制出曼妙的咖啡拉花
变出一幅精美的艺术画

醇厚的味道在舌尖散开
体会到科技与生活交融后的
完美

创作手记

我去苏州出差，在南门商圈偶遇咖啡机器人，便尝试点了一杯拿铁咖啡。我完成付款后，咖啡机器人便立刻制作咖啡。

伴随储豆仓里发出“咔嗒”声，深褐色的咖啡豆落入研磨器，瞬间被磨成粉末。萃取头把醇香的咖啡液注入杯中，浓郁的香气瞬间弥漫。

蒸汽管探入奶缸，奶泡在高温蒸汽下迅速膨胀，细腻绵密。

机械臂端起奶缸，将奶泡注入咖啡杯后，轻轻晃动，一幅精美的拉花便在杯口呈现。

短短几分钟，一杯热气腾腾、颜值与美味并存的拿铁咖啡便端到我面前。整个制作过程行云流水，咖啡制作师的技艺也不过如此。

咖啡机器人不仅能同时制作3杯饮品，还能24小时不间断工作，让顾客随时都能享受科技与咖啡巧妙融合的成果。

实景三维

在时间的幕墙上
诗歌轻舞
实景三维
不再是科学幻想

是真实
亦似虚幻浮途
藏着生活谜语
时序化的反应
像人生的音符
跳跃、起伏

生产生活的空间
信息的交碰
新型测绘的标准
带着神秘的数字符号
游走在虚实之间
用科技寻找生活的坐标
穿越重重阻碍
翱翔在传递价值的广阔领域
续写年轮间的新赋

未来产业

科技的前沿
悬挂着人类的期盼
淡化了梦想与现实的岸线

未来制造
挥动智慧的手腕
撕碎刚刚更始的稿件

未来信息
在数字的云端弹奏
无限可能的音调

未来材料
隐匿于微观世界
编织囊括九天的锦绣

未来能源
无色，无味，无形
却有可及的绿色星辰

未来空间
向天际扩展
星际移民不再是梦

未来健康
基因编辑技术
把疾病摇篮摇破

十三个细分领域
颠覆旧俗
谱写着美好憧憬

变、变、变
未来产业
是一片正被开垦的热土
在暖阳下露出鲜嫩的新芽

柔性制造

工业 4.0 时代
互联网千丝万缕
串联起工人操作的生产线

车间内
机器不再是硬邦邦的
铁疙瘩
学会变化
订单来了
不会手忙脚乱抓瞎

机械臂与产品低语
智能系统是幕后高参

精算测绘出生产节奏
从原材料到成品
都优质产出

瞧
生产线上有个聪明的娃
随着指令潇洒地跨越
不再是一根筋的傻
零部件在流动中找到家

厂长穿着干净的工作服
笑眯眯地走出了车间

中国航天人

天穹之下
银河的碎屑散落

挣脱了地球的引力
触摸到宇宙的脸颊

在寂静与浩瀚的环境中
没有人类的喧嚣
不见江河流淌
一丝孤独缠在心头

肩负使命
在星河中逆行
飞船渐渐接近天际
化作亲人眼中的星光

只为
在天体的眼眸里
五星红旗高高飘扬

创作手记

从东方红卫星的乐曲响彻寰宇，到天宫空间站舒展“T”形臂膀；从杨利伟孤勇首征，到王亚平在“最高讲台”播撒星火——中国航天人把千年问天的梦想，凝成一代代前赴后继的奔赴。他们以青春为箭，以生命为弦，射向宇宙的每一个脚印里，都镌刻着“九天揽月，我们盼望那一天”的赤子宣言。

而今仰望长空，掠过眼前的天宫如璀璨明珠。那抹银光里，有孙家栋雪地拾残的佝偻背影，有聂海胜三度出征的坚定眼神，有王亚平太空授课的清澈嗓音。星河浩瀚，赤子无悔，中国航天人正以凡人之躯，丈量中华通向宇宙的壮阔征程。

传　感　器

一个感知高人
一个神秘使者

雷达技术
是高远的瞭望塔
让千里眼顺风耳都自愧不如

电磁波穿越虚空
探测远方
成为指引迷途者的赫尔墨斯

传感器
是精准的测量者
细微的变化
也逃不过它耐心的捕捉

传感的跳动
是科技与诗意的交融
在冰冷的电路中
温暖着脉搏

几何引擎

嗨
你就是几何引擎吗？
能拆解点、线、面的高手

可以
用尺子量天
用圆规画地

还能用线段编写剧本
用距离构建剧情
在维度中勾勒地球的模型
不是轮廓塑造
而是思维变新
不是长度延伸
而是多元观念飞跃

我站在高山之巅
遥望夜幕上的星辰
隐隐听到
有人在轻声讲述
关于几何引擎如何升腾的故事

生物制造：生命的雕琢

科技的微风轻拂
细胞活性分子
和生物材料成为好兄弟
共同谱写生命器官的传奇

实验台上
排列的精密仪器
见证细胞分裂组合
玻璃器皿中
细胞活性分子
在营养液的怀抱中欢快跳跃

一个新生物细胞诞生
不仅是暗夜后的破晓
更是彰显生命探索的渊源
创造奇迹的跨越

自动化制造

在车间的流水线上
威猛的机械臂翩若惊鸿的华尔兹舞姿
螺丝与齿轮轻声交谈
一场金属的音乐会开演

自动化的魔法
让铁块变成了艺术品
无须人工雕琢
却有匠人的灵巧

机器人的目光
投向夜空
成为点缀天际的那颗星

它们不知疲倦
也忘记工作时长

笑声藏在机器的轰鸣中
那是对效率的赞赏
也是为人工智能鼓掌

找你，三维引擎

有一座桥梁
连接着梦想与现实
穿梭的光线
感知到情感交融的痕迹
在错综复杂的网线上
寻觅你的足迹

找你
是想
借用你的启示
解读那道谜题

在科技前沿的见解中
你就是那位优秀的导师
大家等着你
去解密

可控核聚变

在银河系的浩瀚剧场
人类扮演着拓荒者的角色
以智慧为笔
以科技为墨
在蔚蓝的球体上
勾勒的微型太阳
安静地矗立
不怒而威
不言自明
悄悄地释放着光热

来自终极能源的曙光
没有煤炭的污浊
没有石油的冗杂
只有清洁、安全、持续不断的能量流
滋养着文明的细胞
在绿色的轨道上轻盈起舞

这就叫——可控核聚变

科技之眼

——摄像头

天幕下
有一枚镜头
默默地注视
从笨拙地出生
到轻盈地蜕变
冷厉的目光
凝视着都市的喧嚣

像素，曾是模糊的涂抹
而今
细节被精准捕捉
夜视、广角、微观缝隙
敏锐的目光
默默地探索着各种边界

情感在其中游走
笑容与泪水都挂在脸上

在烟火气息的市井中
留下人性的印记
分析预测未知的片段
守护万家安全

让夜晚变得更静、更净

科技人文

第五辑

科技与人文，从来就不是非此即彼的平行线，而是螺旋上升的DNA双链，共同编织着人类文明的基因图谱。

在某个开源社区的讨论区里，年轻开发者正在激烈讨论某个算法的伦理边界。那些闪烁着代码片段的对话中，不时蹦出康德的箴言与庄子的寓言。他们或许没有意识到，自己正在进行的，其实是苏格拉底式的思想助产术——用逻辑催生智慧，用技术追问人性。当一行行代码被赋予道德重量时，编程就成了一种哲学实践。

大学图书馆的角落，人工智能专业的学生正在研读《论语》。他们发现，“己所不欲，勿施于人”的黄金法则，与机器人伦理中的“不伤害原则”竟如此相通；而“格物致知”的古老智慧，在机器学习时代获得了崭新的诠释。这些年轻的思想者正在建造一座桥梁，桥的这端是硅基文明的精确，那端是农耕文明的诗意。

在偏远山村的5G基站下，老人们通过直播平台跟随城里老师学习书法。电子屏上晕开的墨迹，与宣纸上的笔走龙蛇形成奇妙呼应。当科技真正服务于人文，它就不再是冰冷的工具，而成为文明的接力棒——让古老的智慧穿越数字鸿沟，让城乡的记忆在云端重逢。

科技作家笔端流淌着另类诗行。他们将区块链比作“信任的数学”，把神经网络称作“电子的突触”。这些充满想象力的隐喻，正在重塑公众对技术的认知。当晦涩的科技术语被赋予文学的光泽，理解就变成了一场愉悦的美学体验。

当人工智能开始写诗，当考古学家运用光谱分析，当敦煌壁画遇上数字修复，我们终于明白，科技与人文的相遇不是偶然，而是文明发展的必然。就像钢琴的八十八个琴键，黑键是科技的理性精准，白键是人文的感性舒展，唯有双手合奏，才能演绎完整的文明乐章。在这个算法日益渗透生活的时代，或许我们最需要的创新，是让科技保持人文的温度，让人文拥有科技的视野——毕竟，无论技术如何迭代，人类对真善美的追求，永远是代码深处最动人的注释。

数字科技公司的一天

在那座高楼里
早上，电脑刚开机
代码就像小蚂蚁
爬满屏幕
程序员瞪大眼睛
跟那群小蚂蚁较劲
谁怕谁呀!

一会儿，产品经理走过来
拿着小本子说
这个功能要改
那个界面要换
测试团队不甘示弱
拿着手机到处戳
紧急测试软件有没有毛病

中午吃饭
大家排着长队
有人戴着工牌

有人拿着笔记本电脑
仿佛吃饭不是为了吃饭
下午接着干活儿
会议室里吵得热火朝天
为了一个项目
大家争得面红耳赤
老板站起来说：
“都别吵啦，听我的！”

晚上
办公室里灯火通明
程序员敲着键盘，灵感迸发
心里想：
“明天睡个好觉，晚点来。”

在科技改变世界的时代
科技公司就是那艘劈波斩浪的船
续写着科技与生活的奇妙故事

创作手记

夜晚，我站在公司落地窗前，看着员工伏案工作的身影，思绪万千。于是，我写下这首《数字科技公司的一天》。

在创业初期的早晨，办公室此起彼伏的敲击键盘声，就像战场厮杀声。程序员写出密密麻麻的代码，产品经理不断提出更改方案，测试团队严谨地排查疏漏……虽然他们各司其职，却常常为了寻找更好的方案吵得面红耳赤。

一次，一个团队为了优化 APP 的用户体验，从功能设计到界面布局，争论了一个下午。每个人都坚持自己的想法，谁也不肯让步。最终，他们综合各方意见，找到了最佳解决方案。

深夜，办公室灯火辉煌，程序员似乎忘记了回家。

科技企业的发展道路上布满荆棘，团队中每个成员必须全力以赴，才有可能在明天指点江山。

这首诗，不仅是科技公司日常写照，更是科技逐光者奋斗印记。

网络安全卫士

随着时代的步伐
人人享受科技发展的繁华

然而
在虚拟世界的暗礁中
隐藏着犯罪的温床

黑客入侵的魅影
病毒复制暗夜
诈骗巧设陷阱
不明链接裹挟罪恶

企图蒙蔽民众的双眼
把财富掠夺

在这场没有硝烟的战争中
网络警察
在代码的丛林中潜伏
追踪每一个恶意的迹象
守护网络的疆土
让罪恶无处遁藏

手指在键盘上敲击出
正义的声响
做那面坚不可摧的盾
直到网络天空澄澈明亮

网络安全的提醒

网络太神奇
像鸟儿飞来飞去

但是
别忘了，风险也不少
一不小心就中招

黑客
是狡猾的狐狸
时刻觊觎着你的一切
用病毒与木马、网络钓鱼
以你想象不到的方式
窃取财富

不要轻易点击不明链接
不要泄露个人信息

密码是个宝
复杂一点别嫌烦
数字、字母加符号
让黑客看得心里慌

安全新技术
防火墙、加密技术、身份验证
都是手中的好武器
给网络穿上防弹衣
轻松快速往前跑

《黑神话：悟空》来啦！

一道闪电划破天际
双手叉腰
满脸得意
嘿哟喂
游戏江湖，大圣归来

中国首款 3A 巨制
独立开发
《黑神话：悟空》横空出世
像个小火箭“嗖”的一下
成了玩家新宠
搅动星空漫天霞光

超酷超炸
让全世界的年轻人惊呼
这个东方猴子咋这么牛

只见它
双手抱肩
藐视一切
金箍棒一挥
腾云驾雾
直奔太阳系
吹响王者归来的新号角

哪吒的梦之旅

在一个地方待久了
就想来一场浩瀚之旅

化身为英勇的战士
手持利刃
冲锋陷阵
斩妖除魔

成为睿智的法师
操控魔法
呼风唤雨
逆转乾坤

翱翔在广袤的天地间
俯瞰壮丽山河的美景
深入迷宫
挑战隐藏在太阳系的强大怪物

用勇气
打倒手持封杀大棒的怪物
无论是险峰
还是海底
每一步都充满了博弈后的惊喜

突然
一阵急促的敲打声
惊醒了躺在榻上的哪吒

他瞪大了眼睛
皱了皱眉头
伸了个懒腰
喃喃地说
哦，这个梦真好玩
哈哈哈哈！

人形机器人上场

2025年的“春晚”
灯光聚焦
人形机器人走向舞台

钢铁铸就的身躯
金属色的脸上
眼眸却闪动着光

音乐响起
与明星同台，毫不慌张
机械臂行云流水般扭转
舞步轻盈
舞姿曼妙
让世界每个角落里的人
惊呼

从“春晚”的舞台
走到生活的舞台
在工厂里

机械臂奏响工业的旋律
街头巷尾
帮老人提起沉甸甸的菜篮
人行道旁
为迷途者指路……

站在时间的长河边
这些钢铁铸就的身躯
已融进生活的各种场景

心中满是感慨
又是一位使者
踏上新世界的新赛道
演绎未来

创作手记

我创作《人形机器人上场》，缘于观看央视2025年春节联欢晚会节目《秧BOT》。当舞台灯光聚焦在机器人的金属躯体上，其眼部闪烁的蓝光恰似科技与传统秧歌碰撞出的火花。这个画面激发了我的创作灵感，并希望通过诗展现科技重大突破的幸事。

人形机器人在全球华人关注的央视春节联欢晚会上与人和谐共舞，不仅展示了我国科技实力，也宣告人机同步的时代来临。

在创作《人形机器人上场》过程中，我把舞台场景延伸到现实生活的各个层面。

工业领域，机械臂精准地完成操作流程，体现了制造业步入智能化；日常生活中，各种机器人成为人们解决问题的倚仗……铺陈这些场景，缘于我对科技伦理思考。真正伟大的科学技术，必须是服务人类生活、传递人文关怀的天使。

只有充满人文关怀的科技，才能与人类携手走向更智能、更温暖的明天。

再生稻的春天

遥远的太空
中国空间站飞驰在
浩瀚的宇宙
在这里
一场再生稻的试验悄然展开

宇航科学家
精心呵护每一株水稻

在时光流转中
试验有了结果
完成“从种子到种子”的全生命周期
成功找到全球首个水稻再生力基因
揭示水稻再生力的分子机理

当首季金黄稻收割后
稻桩里

休眠腋芽又能悄然苏醒
重新生发新芽
稻谷的重生
是粮食安全增收的保障

金黄色的秋天
盈满的稻香
沐浴着农民忙碌的身影

科学家精神

曾经以为
璀璨霓虹是最迷人的光彩
数据与公式
不过是枯燥的存在

直到
听到这位老科学家的故事

他为了攻克科技难题
在实验室里待了五十年
日夜用心血浇灌实验台
从青丝到白发
失败后的失败
从未让他放弃执念

原来科学家精神
是在未知中探寻

是在困境中前行
是打破旧观念的勇气
是开拓的精神
是不为名利所动
是在摸索中
孤独地撑起一片天

更是引领人类
走向充满革新的彼岸

科学幻境

站在长江岸边
目光追随着远去的影子

走入科幻的循环里
星辰呢喃着未知的语言
银河泛起梦的波澜
张开双臂
拥抱那璀璨的星河

飞船穿梭星系之间
目睹原子到质子的裂变

知识推开黑暗的门
抛出燃烧的火种

心随着云飘游
思绪在天河外停留
手掌触摸真理
只为解析那些无常的变幻

抒情的笔尖
记录下这生长的瞬间

数字转型

算盘触碰指尖
旧时的模样渐行渐远

知识的光影
裹挟内心的火焰
转型的点子
滋润无知的荒芜

实验室的灯光
射向新浪潮
为了驾驭时代
我们要穿上数字转型的跑鞋
加速起跑

微 服 务

有一种秩序
有一种和谐
叫微服务

它不是庞然大物
却有着无尽的力量
每个微小的存在
都是独特的个体
又能紧密相连
编织一张巧妙的网

微服务
以其轻盈的身姿
改变着生活

它不是一潭死水
而是流动的溪流
灵动、敏捷，适应节奏

它有
诗人的笔，画家的颜料
在人生的画布上
描绘出精美的画卷

每一次拆分与组合
都是创新
在细微之处
蕴藏着无限的可能

这是一场静悄悄的洗礼

孵化器

有一座桥梁
连接着天地
让每一个创业的幼苗
都有生长的土壤

有一双大手
为你擦掉眼泪
用它清澈的眼眸
为迷茫的你指引方向

它的资源
助力你生长

它守护这片创业的热土
让更多的奇迹
诞生、成长

它的存在
如同春雨般
滋润无数朵小花
尽情绽放
自己神话中的精彩

碳足迹

光阴的轻落
留下人与自然关联的足迹

过度使用化肥农药
土壤中的微生物在哭泣
大地的肺
在高产的脚步下挣扎
远处的山峦
不再是纯粹的翠绿
过度的开发
裸露破碎肌肤的岩石
无声地控诉着碳排放的伤害
生存的环境
有了不和谐的乐调

莫惧，莫慌
法规巨轮破浪启航
量出碳的短处
牵出排放之殇

让地球重新披上
清洁的霓裳
邀请人类与大自然深情拥抱

混合现实 MR

在钢筋森林的缝隙里
我种下一粒混合现实的种子
它破土而出
生长成连接虚拟与现实的桥

代码编织的藤蔓讲述着传说
数据奔涌的河流
倒映着千年前的月光
我触摸虚拟山峦的轮廓
指尖，却感受到真实的温度

深度交互的网线
将时空的褶皱轻轻抚平
史前的星辰与未来的霓虹在此交会

自然的低语与机器的嗡鸣
谱写出全新的故事

在虚实交错的瞬间
我顿悟——
这不是割裂的两端
而是文明螺旋上升的轨迹
是人类用智慧
在现实的画布上
勾勒出无限可能的蓝图

计算生物学

一个领域
横跨数学、计算机科学、生物学
以独特的方式
揭示生命背后的逻辑

用数据分析、建模、计算仿真技术
在生命的脊柱上
勾勒出细腻的纹理
找寻基因的触角
挑选生命大厦的基石

通过抽象简化
微分方程作用
在图论中解析生物网络结构
在虚拟中重现生物系统的演化
探究生物行为的成因
了解生命起源的过程
剖析人类行为驱动机制
攻克疾病的治疗难关

计算生物学
为生命研究
打开了一个崭新的窗口
是科学与遗传学的交融
是理性与感性的碰撞

让人类在数字符号的空间里
聆听生命的旋律
感受生命的脉搏

技术认证书

我沿着年轮的印迹
在皱纹里徘徊
不再清秀的脸庞
掩埋了年少的轻狂
眼角留下的浅浅刻度
迎来了晨曦的期望

我沿着年轮的印迹
追寻的思索从未停止
知识的藤蔓
在脑海中攀爬
科技的火种在心底里燃烧
那无数个日夜的钻研
似星星在暗夜里闪烁

我沿着年轮的印迹
突破了各种有形或无形的屏障
治愈了疑惑的创伤

终于
那一张证书翩然而至
纸张上的文字
是汗水的凝固
权威的认可
是努力的雕塑

精美的边框
布满了追梦的脚印

创作手记

创作《技术认证书》时，我眼前浮现出工程师们伏案钻研的画面。诗歌开篇以“沿着年轮的印迹”作为隐喻，表现科研工作者技术攻关的漫长煎熬。他们不再清秀的脸庞、被磨蚀掉的年少轻狂，都在诉说科研之路的艰辛。在青春不断消逝的岁月中，他们对科研晨曦充满期望，最终化作眼角的“浅浅刻度”。

诗中，“知识的藤蔓”“科技的火种”等意想，就是我观察工程师精神世界所悟。他们如同黑暗中提灯前行的探索者，每次钻研都像“星星在暗夜里闪烁”。那些被突破的“有形或无形的屏障”，既是技术难关，也是人为藩篱。他们的每次重大突破，都是治愈质疑创伤的良药。

最终“翩然而至”的证书，已经超越一般纸质文件的含义。技术认证书上的文字是汗水与智慧的结晶、权威的认可，镌刻着无数次失败与重来的痕迹；精美边框的花纹里，布满追梦者的脚印。

我写下这首诗，不仅是向科研人员致敬，还希望更多的人知道，每个傲人的科技成果，都是科研人员用青春与热血书写的传奇。

科技时光

晨曦初露
曙光微漾
在春夏秋冬隧道的车辙里
碾过岁月的沧桑

科技的光影
如梦似幻

从古老的火种
到蒸汽机的轰鸣
从电子的跃动
到造访的信息
世界联为一体

基因的密码
被科学家轻声诠释

生命的奥秘
逐渐揭开层层面纱

太空的浩渺
见证着探索的勇气
星辰大海之间
不再有未知的旅程

在科技的泥土里
孕育出春芽
铺满绿色的崇山峻岭

时光深处
万千歌舞
孩童们仰起欢笑的脸……

碳 中 和

时代的辙痕
碳影憧憧，黑云压城
工厂的烟囱
喷吐滚滚乌瘴
将湛蓝的天空蚀成一块斑驳的灰影
迷了城市的眼
呛了行人的肺

然而
有一股反向的洪流冲了出来
光伏板的方阵
给大地披上银甲
在骄阳下
施展北冥神功
将太阳的怒火
化为温柔的电流
融进生活的经纬

森林
在岁月的褶皱里吐出新绿
馈赠清新的氧气
每一片叶子都写满山清水秀
寄给远方的妈妈

科技与文学牵手

在数字的星河中游走
代码在梦境中编织未来
人工智能
点燃智慧的火种
数据的海洋掀起波澜
虚拟的现实
开启奇妙的心门

星河浩渺
岁月悠长
文学与科技，共谱华章
曾在文字中寻找的方向
如今在科技的内涵里
探索到实用的疆场

星河璀璨
照亮前行的路
让理想的翅膀自由地扇动
文学之花
在科技的沃土里尽情绽放

后　记

笔尖下的心灵之旅

在喧嚣的尘世中，每个人都如同一颗漂泊的流星，在茫茫宇宙中寻找自己的归宿。

于我而言，文学便是璀璨星空中最理想的归宿。在那片天地里，我仿佛能穿越生活的迷雾，寻找到生命的真谛。

生活就是生活，总是充满惊喜与转折。

在那段宁静的时光里，我重新拿起遗忘已久的笔，在纸上倾诉掩藏在内心深处的情感，将自己的心路历程化作一行行感动自己的诗句。

起初，我用笔与纸对话，只是为了纾解我无法与旁人说的烦闷，从未想过，那些不经意间的涂鸦，竟能得到他人认可与赏识。

当文字变成铅字，那种喜悦与激动，我无法用言语形容。那种转化，不仅是报刊编辑对我驾驭文字能力的肯定，更是对我坚持文学创作的莫大鼓励。

至今还能行走在文学创作道路上，我要衷心感谢那些给予我帮助的老师和朋友。他们就像一盏明灯，在我迷茫困惑时，为我指明前行的方向；他们如同辛勤的园丁，精心呵护着我这棵刚刚破土而出的文学之苗，在风雨中缓慢生长。

是他们，用耐心与爱心，弥补我作品中存在的种种不足，促使我不断改进与完善；是他们，用丰富的创作经验与深厚的学识，助我推开厚重的文学之门，让我领略到无比绚丽的天地。

在创作过程中，我渐渐发现，诗歌不仅是一种情感表达、一场心灵洗礼，更是一种对生活的热爱与敬畏。它存贮我的喜怒哀乐，记录我的成长与蜕变；是我内心深处的呐喊，是午夜我向未来自己的倾诉，是自我怀疑时与平行世界里的自己对话；让我摆脱生活的琐碎，把平淡如水的日子变得熠熠生辉；让我走出一成不变的乏味生活，在苟且的日常中敢于奔赴远方；让我在日出而作日落而息的枯燥模式中，还有一种惦记和念想；让我学会用细腻的笔触描绘世界的美好，用敏锐的感知捕捉瞬间的感动，用深刻的思考探索人生的意义。

因为诗歌，因为文字，我学会了爱自己、爱别人、爱社会，学会用宽容的心面对他人的错待，学会用感恩的心面对没有标准答案的生活，学会用淡然的心面对社会一次次说“不”。

在创作本书初期，我常常漫步于大自然之中，山川河流、花草树木皆成为我的灵感缪斯。比如，在一次登山过程中，我感受到山风拂过脸颊的力度，看到山峰被云雾缠绕的奇幻景象。那一刻，我顿生对大自然伟力的敬畏之心，于是有了关于《山与云对话》诗歌的构思。我会将类似这种直观感受与内心感悟相结合，运用意想，营造意境，将其转化为具体的诗句。有时候，生活中的琐事也能触发我的灵感。例如，在街头目睹一位老人孤独的背影，他那佝偻的身躯和缓慢的步伐背后，似乎藏着无数故事。我便以此为切入点，创作了一首反映老年人内心世界的诗歌，挖掘他们被岁月磨蚀后的复杂情感。

对于自己作品的内容、结构和意境，我有自己独有的定位。

在内容上，我努力追求真实展现，希望能从生活细微之处入手，描摹人性的多面性和科技生活的丰富性。然而，我也意识到，有时自己可能过于沉浸个人的情感世界中，导致部分内容的普适性不够完整。

在结构上，我尝试多种表述形式，有的诗歌采用传统的起承转合结构，使诗歌层次分明、逻辑清晰；有的诗歌则大胆创新，运用碎片化、跳跃性的叙事方式，营造出一种独特的节奏感。但这种创新也有一定的风险，可能会让一些读者阅读时感到难以适应。

在意境塑造上，我慎重选择和搭配词语，力求用简洁而富有表现力的文字，描绘出鲜活的画面。也许我驾驭文字的能力有限，以致有些地方表现得不够完整、完美。

在这里，我要特别感谢负责本书出版工作的编辑团队，他们以专业的素养和严谨的态度，逐字逐句打磨稿件，从表述准确到文风统一，都提出了宝贵的意见。

最后，我想对每位读者说，无论你身处何方，无论你如何忙碌，都要给自己留一片心灵净土，在那里给自己树立一座碑，上面刻着“来过，爱过，没有错过”。我相信，只要心中有爱、有梦想，无论生活中有多少意外，我们都能在黑暗中看到光明，在困境中找到出口。

你走过的每一寸土地，都会留下独属自己的印记，它们是你“来过”的证明，不必纠结起点与终点，脚下才是真正地拥有。曾经交付的真心、涌动的深情，都是生命里注定出现的脚本，哪怕结局苦涩，也是心智成熟的养分。

“没有错过”，不是抓住所有，而是珍惜眼前的每一刻——晨光里的粥香，檐下的风语，擦肩而过的笑脸。我们经历的每个瞬间，都在拓展自己生命的宽度，让前行的脚步既有力量，又有温度。

愿我们在选择的道路上，追寻自己喜欢的星辰大海。